APAISEMENT

HENRI DE RÉGNIER

APAISEMENT

On ne fait pas les livres qu'on veut
E. et J. DE GONCOURT

PARIS

1886

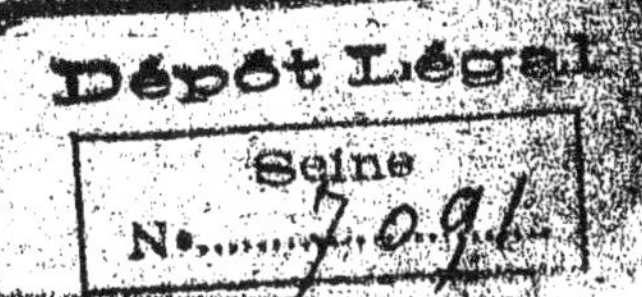

AURORE

Mets ton cœur confiant entre des mains de femme,
A ses pieds ton orgueil, en ses yeux ton espoir,
Entonne à pleine voix un chant d'épithalame;

Exalte la beauté, célèbre le pouvoir
Inéluctable et fort de cette charmeresse
Ayant l'éclat trompeur des visions du soir;

Entre dans la forêt résonnante où se dresse
La multiplicité verticale des troncs
Parmi lesquels le vent fait vibrer sa paresse,

Où des souffles plus doux rafraîchissent les fronts;
Marche, les longs sentiers ouvrent leur perspective
Vers de bleus horizons de rêve où nous irons.

Descends par les chemins de la forêt déclive
Vers le val abrité de la montagne où dort
L'étang dont les roseaux envahissent la rive.

C'est le soir, et, là-bas, dans le ciel clair encor,
Où l'azur s'assombrit d'un vague crépuscule,
La lune monte arrondissant son disque d'or;

Et celle qui parut à ton âme crédule,
La divine Attendue aux jours des longs effrois,
Offre sa lèvre en fleur à ta lèvre qui brûle.

Ses mains ont la douceur et les gestes adroits
Des Anges bienfaisants qui ferment les paupières
Des beaux enfants couchés dans les berceaux étroits;

Ses yeux compatissants à toutes les prières
Ont la limpidité du saphir transparent,
Candeur de l'être jeune et des heures premières;

Dis lui bien les douleurs de ton âme, mourant
Du mal mystérieux de la vie importune,
D'être seule au milieu du monde indifférent.

Au fond du val l'étang miroite au clair de lune.

II

Tu pleurais autrefois lorsque l'Aurore neuve
Surgissait, blanchissante, au ras de l'horizon,
Comme un lait débordant dont le monde s'abreuve

Et tu voyais venir avec un grand frisson
L'éclosion du jour sur la terre éveillée
Où ton âme souffrait comme dans sa prison ;

Écoute maintenant passer sous la feuillée
Ce long frémissement précurseur du réveil,
Et salue exultant l'Aurore émerveillée ;

Car ton esprit renaît comme d'un lourd sommeil
Hanté de cauchemars que l'aube jeune entraîne
Confus et pâlissants aux rayons du soleil.

Elle est à tes côtés immobile et sereine
La chère vision que ton âme appela,
Celle qu'on attendit, la maîtresse et la Reine,

Le rêve de tes nuits d'angoisses.... La voilà,
Sans qu'un mystère vain la cache et la dérobe
Dans sa splendeur divine et visible, elle est là

Dans le vent du matin qui soulève sa robe
De Vierge immaculée et montre ses pieds blancs
Faits pour fouler aussi le Croissant et le Globe :

Ses pieds nus marcheront par les chemins sanglants
Prêts à subir l'affront des épines mauvaises;
Sa main réprimera tes sauvages élans

Qui t'ont fait, en des jours d'épreuve et de malaises,
Souhaiter, pour finir de ton mal ancien,
La chute où l'on se brise aux angles des falaises.

Espère — Elle est debout dans l'Aurore qui vient,
Très blanche, et le front ceint de ses nattes tressées....
Mais, horreur! ton regard se fixant sur le sien

Voit le vide menteur de ses yeux sans pensées.

SOIR

—

Plus rien au cœur que le regret lent d'un passé
Qui dans l'éloignement se voile de mystère;
Plus rien au cœur que le frisson involontaire
Devant un horizon monotone et glacé.

Nudité de la Vie où l'Espérance morte
Gît sous le froid linceul des feuillages tombés,
Où la main radieuse et jeune des Hébés
Ne fait plus ruisseler le vin qui réconforte;

Tristesse des chemins sous les ciels gris d'hiver
Où le décharnement des arbres se profile,
Où sur les talus bas saute la longue file
En marche des corbeaux croassant bec ouvert;

Abattement des soirs dans les chambres fermées
Qu'illumine l'éclair rougeoyant des charbons,
Soirs que n'anime plus le regard des yeux bons
Et l'accent familier des paroles aimées...

Et, rêveur attristé de renouveaux promis
J'évoque le retour possible des vieux rêves,
Le gonflement du bois au flux des bonnes sèves
Et la voix consolante et les regards amis.

NOCTURNE

Le souffle lent du soir défleurit les lilas
Amoncelant au pied d'odorantes jonchées
De ces petites fleurs qui craquent sous mes pas.

Mon âme est douloureuse et mon cœur est bien las.

Sur la toiture, des colombes sont perchées
Attristant l'air du soir d'un long roucoulement;
Il tombe de leurs becs des plumes arrachées.

Il neige dans mon cœur des souffrances cachées.

Au bassin, le jet d'eau rejaillit tristement
Ridant l'onde qui dort de cercles concentriques
Et les plantes du bord ont un tressaillement.

Au cœur les souvenirs pleurent confusément.

Voici la nuit qui vient et ses folles paniques :
Le vent ne souffle plus, le ramier s'est enfui,
Le jet d'eau se lamente en des plaintes rythmiques,

Et Tes yeux grands ouverts me suivent dans la nuit.

ODETTE

A la lueur décrue et mourante des lampes,
Drapée en la blancheur de la robe à longs plis
Avec aux doigts vos bagues lourdes d'ors pâlis
Comme une Reine vue en de vagues estampes.

Vous aviez la splendeur des rêves accomplis,
La vieille griserie a monté vers mes tempes,
J'ai rêvé tes parfums, fleur royale qui trempes
En un luxe ambiant tes sveltesses de lis.

J'ai rêvé le salon désert qui s'enténèbre
De silence et de nuit tranquille, où se célèbre
Dans le calme opulent des somptuosités

La mystique union d'affinités lointaines,
J'ai souhaité l'ivresse et les félicités
Du baiser, pris sans fin à tes lèvres hautaines

DIANE CHASSERESSE

La course éparpillait au vent tes longs cheveux
Que cerclait sur le front l'argent d'un diadème ;
La tunique, enserrant ton corps souple et nerveux
Et divin de jeunesse et de grâce suprême,
Remontait en plissant un peu sur tes genoux ;
L'arc détendu vibrait à tes mains meurtrières,
Tu semblais, de tes yeux insensibles et doux,
Suivre le cerf blessé traversant les clairières
Pour s'en aller mourir, la flèche droite au flanc,
Sur le bord du ruisseau qui chante sous les branches
Et qui continuera sa course, tout sanglant,
En rougissant, à son passer, les pierres blanches....

Je t'ai rêvée ainsi quand, le soleil couché,
Au fond du parc désert où j'errais seul et triste,
J'ai vu près d'un bassin, dans les arbres caché,
Le marbre solitaire où quelque vieil artiste
Sans doute épris d'art grec avait représenté
Avec ses attributs Diane Chasseresse.

Par cette vision sanguinaire hanté,
Je l'ai mêlée à ton souvenir, ô Maîtresse,
Et je marchais dans le silence et dans la paix
Qui descendaient sur ces feuillages impassibles,
Sur les sentiers moussus et les gazons épais,

Et j'entendais siffler des flèches invisibles.

FRISSON DU SOIR

Un suprême rayon fleurit les cimes claires
Qui dressent dans un ciel strié d'or et de sang
Leurs crêtes où s'ébrèche un soleil qui descend.
L'ombre s'allonge au pied des hauts pics tutélaires;

La verdure des prés et l'ocre des terrains
Alternent tour à tour en minces bandelettes;
Les lointains sont baignés de brumes violettes
Où s'enfonce et se perd la blancheur des chemins.

Les contours indécis des choses incertaines
Se fondent dans le soir calmé que rien n'émeut;
Cependant que dans l'air sonore, peu à peu,
S'éveille la chanson qui monte des fontaines,

Chanson triste et rythmée et pleine de sanglots :
Voix des sources filtrant au centre des clairières,
Bruit de l'eau qui s'égoutte et frisson des rivières
Où roulent des cailloux au glissement des flots;

Comme un pressentiment d'espérances brisées,
Avec ce chant plaintif et vague dans la nuit,
Et comme un frôlement de rêve qui s'enfuit
Entre furtivement par les hautes croisées....

Le crépuscule lent monte jusqu'au plafond
Où des rayons perdus caressent les moulures;
Le miroir familier à tes seules allures
Ne reflète plus rien dans son cadre profond,

Et cette ombre qui vient, ô douce, nous sépare,
C'est comme si quelqu'un se mettait entre nous ;
Je suis là près de toi pourtant, à tes genoux,
Et je serre tes mains avec des peurs d'avare,

Car j'évoque les soirs de funestes départs
Où dans la chambre obscure et veuve de l'absente,
On rassemble, en pleurant, dans l'ombre grandissante
Le trésor douloureux des souvenirs épars.

IDYLLE

—

Au treillis du berceau grimpait un chèvre-feuille....
L'heure était langoureuse, et j'avais espéré
Que le calme et la paix de ce lieu retiré
Attendriraient son cœur assez pour qu'elle veuille
Accueillir en faveur l'aveu réitéré.

C'était à ce moment de la fin des journées
Où le ciel attiédi de nocturnes pâleurs
Se mire aux bassins clairs endormis dans les fleurs;
A mes lèvres venaient les phrases ajournées,
Les supplications et les mots cajoleurs.

C'était un de ces soirs de rencontre et d'idylles
Où dans les bosquets verts on se met à genoux,
Où l'on échange à demi-voix et loin de tous
Les serments attendris et les propos futiles
Enhardis d'un regard clément des yeux plus doux.

Alors je lui contai les fuites et les courses
Au fond des bois obscurs et des sentiers ombreux,
Les promenades et les siestes, au creux
Des grottes, où s'entend le frôlement des sources,
Et l'éternel besoin du cœur aventureux.

Je lui vantai l'éclat des roses que l'on cueille
Dans les massifs, au bas du parc, près du ruisseau...
Une rougeur teintait sa joue à fleur de peau,
Elle écoutait trembler au vent le chèvrefeuille
Qui grimpait en festons au treillis du berceau.

DOUBLE RÊVE

Tu me livres ta main d'un geste familier,
Et je vois aussitôt tes grands yeux s'oublier
En un songe lointain dont le charme t'emporte,
Et tu restes immobile comme une morte,
Et je sens ton esprit distrait s'en revenir
Vers le passé défunt de quelque souvenir,
Et tu rêves peut-être, et je te le pardonne,
Un bonheur qui n'est pas celui que je te donne.
Alors une tristesse indicible me prend,
Telle devant ce froid regard indifférent,
Que moi-même je m'en retourne à de vieux rêves,
Et j'évoque des bois gonflés au flux des sèves,

Où la feuille au soleil a des touches d'or blond,
Un jardin d'autrefois, et je marche le long
De quelque sombre allée aux ormes séculaires
Vers l'endroit qui s'égaie au babil des eaux claires
Où, mirant au miroir ondulé des bassins
La nudité neigeuse et vierge de ses seins
Qui sortent à demi d'un corsage à fleurettes,
Une femme dispose avec ses mains fluettes
D'une élégance rare et d'un galbe nerveux,
Dans le fouillis épars et lourd de ses cheveux,
Des œillets embaumés, en notre promenade
Cueillis près de la grotte où rit une Naïade.

DOUCEUR DES YEUX

Voici que tourbillonne au gré des brises lentes
Remuant la tiédeur des arrière-saisons,
Dans l'humide senteur des bois et des gazons,
Le frissonnant essaim des feuilles défaillantes.

Voici que la clarté douce des horizons
S'estompe de vapeurs et de brumes tremblantes,
Et le long des talus les terres sont croulantes....
Voici le souvenir d'anciennes déraisons.

Loin des étés, loin des baisers, loin des caresses,
Dédaigneux du beau corps, lassé des lourdes tresses
Où flotte le parfum décevant dont on meurt,

Avec un grand regret des heures dépensées
Je contemple attiré par leur charme calmeur
Tes yeux où dort la paix des sereines pensées.

MENSONGE

J'évoquerai pour vous le mensonge des fables
Où rit l'émoi naïf des aveux enfantins,
Et la sonorité des rires ineffables
Vibrant dans la clarté rose des gais matins;

La fuite chère et douce aux couples idylliques
Épris du même rêve et des mêmes espoirs,
Vers les collines où vont les sentiers obliques,
Dans la pourpre divine et mourante des soirs,

Je vous dirai qu'il est des heures enivrantes,
Des plénitudes d'âme et des élans vainqueurs
Et des courants secrets d'affinités errantes
Unissant à jamais les lèvres et les cœurs.

Je vous peindrai la vie hospitalière et tendre,
Comme je la voudrais et comme elle n'est pas;
Je cueillerai des fleurs d'avril pour les répandre
Sur la route odorante où marcheront vos pas,

Et, sachant ce qu'on souffre et les larmes qu'on pleure
Au démenti brutal de la réalité,
Je vous prolongerai l'illusion de l'heure
Où vous croyez aux rêves d'or qui m'ont quitté.

Je mentirai, pour qu'en vos yeux je voie éclore
L'ignorance naïve et sauve du péril
Et que sur vos lèvres d'enfant je puisse encore
Baiser la courbe du sourire puéril.

.... Comme les Dames
Du temps jadis....
FRANCIS V.-GRIFFIN

Vous auriez bien porté les robes blasonnées
Dont les roides brocarts parsemés d'écussons
A champ d'azur chargé de guivres contournées
Glissent sur les pavés en somptueux frissons
Avec le frôlement des étoffes traînées.

Et je vous ai rêvée impératrice ou reine
De quelque ancien pays qui n'exista jamais ;
Dans un Palais d'où l'on verrait la mer sereine
Où vogue sur des flots aplanis et calmés
Un navire ayant à la proue une Sirène.

PORTRAIT

La jupe de satin se casse en plis savants
Qui font valoir l'étoffe ancienne qui miroite
Et s'allume d'éclairs irisés et mouvants.

Imperceptiblement un bout de mule étroite
Taquine un peu le bas de jupe qui bruit,
Mélange d'embarras et de rouerie adroite.

Elle agite indolente et d'un grand air d'ennui
Son éventail qui pèse à ses mains allongées,
Blanches, où l'ongle fin se détache et luit.

Des bouquets délicats de roses, mélangées
De bluets frissonnants et doux, à peine bleus,
Parsèment le satin de gaîtés ouvragées.

Les deux seins entrevus pudiques et frileux
Et que le souffle intermittent gonfle et soulève
Font palpiter le haut du corsage, onduleux

Comme le flot qui vient mourir sur une grève.

SOUVENIR PUR

Il est des souvenirs errants que le passé
De son ombre oublieuse et persistante voile,
Leur apparition a des lointains d'étoile
Et des lueurs d'aurore au fond du ciel glacé.

Mais il en est dont la venue est redoutée,
Qui conservent en eux un douloureux attrait,
Comme un charme cruel et cher de vieux portrait
A la voix mensongère autrefois écoutée.

Il en est évoquant l'angoisse des jours clos
Et de soirs assombris de deuils et de sanglots,
Le cœur se rajeunit avec eux et se brise.

Ton souvenir, ô douce amie, a la fraîcheur,
Et l'éclat virginal et la beauté précise
Et le contour sculpté du marbre et sa blancheur.

TOUTE UNE ANNÉE

I

Vos yeux ont détourné leurs regards consolants,
Vos mains ont repoussé mes caresses tentées,
Vos lèvres ont dit : non à mes baisers tremblants.

J'ai compris que la fin des heures enchantées
Était venue et qu'il me fallait dire adieu
Aux chimères d'un jour en mon cœur implantées,

Et que l'Automne avait dépouillé peu à peu
Au souffle desséchant de ses brises sournoises
Le parc ou nous avions aimé sous un ciel bleu,

Du même bleu verdi que tes yeux de turquoises.

II

C'est l'hiver, tout est mort, le ciel de neige est plein,
Et sa chute légère et lente et floconnante
Vêt le sol innocent d'une robe de lin.

Le parc en sa blancheur intense et permanente
Est muet, et la neige a des reflets bleutés
Que parfois un rayon de soleil diamante.

A ce ressouvenir des chaleureux étés
Le décor délicat et blanc se fond en boue;
L'Hercule du rond point aux gestes apprêtés

Sent la neige couler en larmes sur sa joue.

III

Au sortir de la ville aux bruyantes rumeurs
Le calme retrouvé de la nuit printanière
Berce l'âme blessée en des oublis calmeurs.

Le murmure indistinct d'une lente rivière
Coulant au bas du parc sous les saules penchés
Se grossit en heurtant parfois contre une pierre.

On rêve des yeux doux dans cette ombre cherchés,
La rencontre des mains dans la commune étreinte
Et l'indécision des gestes ébauchés,

Et la voix parlant à l'oreille, presqu'éteinte.

IV

Nous descendrons tous deux les marches du perron
Et, suivant lentement les tournantes allées
Au sable roux et fin où nos pas marqueront,

Distraits par la langueur des senteurs exhalées,
Nous gagnerons l'endroit où le parc moins connu
Cache dans ses replis de secrètes vallées.

Et dans la grotte où rit le satyre cornu
Qui regarde couler l'eau des claires fontaines
Sentant le même mot à nos lèvres venu,

Nous joindrons d'un baiser nos bouches incertaines.

SONNET TOMBAL

Elle dort maintenant sous la pierre tombale.
Les printemps chasseront les hivers. Les ciels gris
Ensoleillés verront l'éveil des champs fleuris,
Et quels regrets viendront s'effeuiller sur la dalle?

Pourquoi se rebeller contre la mort loyale?
Nous devrions contre elle être mieux aguerris
N'avons nous pas été dès l'enfance nourris
Dans l'attente du spectre inéluctable et pâle?

Nous avons vu souvent, parmi l'herbe qui croît
Plus épaisse et plus drue en ce funèbre endroit,
Le pavage inégal des tombes accotées;

Mais devant cette mort où planera l'oubli
Et ce néant final de l'être enseveli
Je n'ai pu retenir mes larmes révoltées.

LE TROPHÉE

Au fond d'un val lunaire, en des sites agrestes
Où glissent des rayons de féeriques clartés,
Les amoureux perdus en tendres apartés
Cherchent l'endroit propice à la langueur des siestes.

Avec l'inquiétude errante de leurs gestes,
Des lutins épiant les amants abrités
Font craquer doucement les rameaux écartés
D'où pleuvent la rosée et les baumes célestes.

Et la forêt bleuit sous le ciel argentin,
Et dans cette paresse et ce repos des choses
Les Belles aux yeux gris dorment lèvres mi-closes;

Les couples enlacés s'éveillent le matin,
Et s'en vont, emportant dans leurs bras, pour trophées,
Des bouquets embaumés du vol divin des fées.

2

L'ÉNIGME

Ses yeux sont prometteurs de délices uniques,
Et dans sa face exsangue et tentante sourit
L'implacable défi de lèvres ironiques
Dont la courbe ensorcèle et le baiser meurtrit.

Comme la Femme nue au seuil des Diaboliques
Se haussant vers l'oreille écouteuse que tend
Le Sphinx, qui sur son dos aux ailes granitiques
Assied en habit noir, monocle à l'œil, Satan,

Elle ne s'en va pas murmurer aux Chimères
L'aveu qui mettrait fin à notre cécité,
Et garde à tout jamais sur ses lèvres amères
Le secret contenu de sa perversité.

ACHEMINEMENT

I

J'ai fléchi les genoux et le front devant elle
En lui donnant ma vie et mon cœur simplement,
Car ses yeux souriaient de pitié fraternelle
Et je fus attiré par son geste clément;

Et je lui dis l'espoir et le vœu de mon âme,
Et l'intime souhait dont les autres ont ri;
Ses lèvres m'ont versé comme un double dictame
Le baiser qui console et le mot qui guérit.

Naïf, et sans l'orgueil des précoces sagesses
Que feint le cœur blessé dans sa naïveté,
Près d'elle j'ai rêvé la joie et les largesses
De l'Idylle éternelle et du songe enchanté

Promenés à travers la richesse des flores
Embaumant à jamais les bois et les chemins...
Toute une éternité de printemps et d'aurores
Où nous aurions marché, des roses dans les mains.

II

Vinrent les jours mauvais de l'ère douloureuse
Triste de l'abandon et du regret qui mord,
Tandis que lentement au fond du cœur se creuse
La tombe où dormira ce premier rêve mort.

On va par la langueur d'Automnes finissantes....
Au frôlement confus d'arbres entrechoqués
Apparaît à travers les feuilles jaunissantes
La claire vision des printemps évoqués,

Et l'on se penche au bord des sources et des fleuves
Pour boire les oublis et l'onde des Léthés,
Et trouver le remède aux dolentes épreuves
Du souvenir tenace aux retours entêtés

Qui, se mêlant au chant qu'à mi-voix on répète,
Revient avec le rythme obsédant d'un refrain
Retentir et vibrer dans le cœur du Poète
Exilé de la paix de son rêve serein.

III

Mais, devant le décor des calmes paysages
Déroulés à mes yeux éblouis, j'ai changé
Mes désirs d'autrefois en des rêves plus sages
Où se plaît le repos de mon cœur soulagé,

Et si parfois, repris des anciennes chimères,
Je tends encor les bras vers leur ombre qui vient,
Sachant que ce sont des mirages éphémères
Je vois fuir sans regret leur vol aérien ;

A travers les forêts, les plaines, et les vignes
Je marche émerveillé de leur éternité,
Dans le chant des couleurs et la gloire des lignes
Ivre de solitude et de sérénité;

Et mon pas rassuré gravit les cimes claires
Qui baignent dans le bleu d'un virginal azur,
Loin d'un monde de deuils, de haine et de colères,
Vers le pays du rêve inaccessible et pur.

RÉSIDENCE ROYALE

Les jardins réguliers aux belles ordonnances,
Et que peuple le chœur des dieux en marbre blanc,
S'étendent, disposés correctement, mêlant
Pelouses et massifs en douces alternances;

Au soleil reluit la grille à fers de lances
Qui forme tout autour un cercle vigilant;
Et le cri répété d'un ramier roucoulant
Rompt le calme établi des éternels silences;

Le Palais, avec ses façades au cordeau,
Qui dans sa majesté solennelle s'étale
Garde encor sa splendeur imposante et royale :

On rêve en ces jardins le long des pièces d'eau,
Où se croisent des cygnes aux ailes de neige,
Le défilé pompeux de quelque lent cortège.

TAPISSERIE

A Paul Verlaine

Un magique jardin aux merveilleuses flores,
Avec des escaliers, des rampes, des bosquets;
Sur les arbres taillés un vol de perroquets
Met un éclat vivant d'ailes multicolores;

Et, tout au fond, dans les charmilles compliquées
Que l'Automme piqua de ses parcelles d'or,
Se dresse, solitaire, un vieux Palais où dort
Un lointain souvenir de fêtes évoquées;

La dégradation douce d'un crépuscule
Enveloppe le beau jardin et s'accumule
Sur le luxe défunt des fastes accomplis;

Dans les arbres les perroquets à vifs plumages
Volètent, comme si, troublant les longs oublis,
Quelque Belle y traînait ses robes à ramages.

EN FORÊT

On quitte la grand route et l'on prend le sentier
Où flotte un bon parfum d'arôme forestier.

Dans le gazon taché du rose des bruyères,
Surgissent, çà et là, des ajoncs et des pierres.

Un tout petit ruisseau que verdit le cresson
Frôle l'herbe, en glissant, d'un rapide frisson.

Nul horizon : Le long de cette sente étroite
Une futaie à gauche, un haut taillis à droite.

Rien ne trouble la paix et le repos du lieu ;
Au-dessus, un ruban très-mince de ciel bleu

Que traverse parfois, dérangé dans son gîte,
Un oiseau voletant, qui siffle dans sa fuite.

Puis c'est une clairière en complet abandon
Où noircissent encor des places à charbon ;

Des hêtres chevelus se dressent, en un groupe
Des arbres épargnés à la dernière coupe ;

De grands troncs débités s'étagent en monceau ;
C'est tout auprès que prend sa source le ruisseau

Qui longe le sentier et traverse la route ;
Il sort d'un bassin rond qui filtre goutte à goutte,

Où tremble, refleté comme dans un miroir,
L'œil vacillant et clair de l'étoile du soir.

TERRASSE

—

Sur la terrasse qui longe
Les jardins en contre bas
Où l'herbe envahit et ronge
L'allée où l'on ne va pas,

Où les bassins qu'on néglige,
Parsemés de floraisons,
Ont sur leur eau qui se fige
L'apparence de gazons,

Les branches désordonnées
Des arbres que l'on n'a plus
Taillés depuis des années,
Maintenant, fournis, touffus,

Font une ombre impénétrable
Où le soleil de midi
Laisse la terre friable
Et moisir le banc verdi,

Les arbres comme une houle
Ondulent au vent du soir,
Et la colombe y roucoule
Son éternel désespoir.

HEURES MARINES

Les dolentes cités où longtemps nous vécûmes
Ont lentement décru sur l'horizon fermé ;
Un arôme salin emplit l'air embaûmé ;
Là-bas, dans l'éclaircie où s'écartent les brumes,
C'est la mer que fleurit la blancheur des écumes.

*

La vague fait danser les barques amarrées
Par des cables gluants où suinte le goudron ;
Jusqu'à la plage où des filets sèchent en rond
Vient l'échelonnement des villas bigarrées
Que dorlote le flux incessant des marées.

*

La plage s'agrandit sous la mer qui recule;
Des pointes de rochers surgissent hors des flots ;
Le retour des pêcheurs fait luire les falots;
Un souffle languissant se lève, qui circule
A travers la chaleur tiède du crépuscule.

*

Dans la nuit sonne un bruit de lointaines enclumes :
C'est la mer basse qui gémit son chant puissant ;
Et voici le sommeil qui vient, assoupissant
Les souvenirs cuisants et chargés d'amertumes
Des dolentes cités où longtemps nous vécûmes.

LE SANGLIER

Genius loci

A ce vieux coin de parc étrange
Au sol noir et trempé de fange
Où le pied posé marquerait,
Des arbres serrés côte à côte,
De grands arbres à cime haute
Donnent un aspect de forêt;

C'est sauvage et mélancolique :
Parfois un tronc noueux oblique
Comme à demi déraciné...

Une branche remue et craque
Et tombe droit en une flaque,
Dormant dans le sol raviné,

Et sur le fond clair et sans tache
D'un ciel froid d'hiver se détache
Le fouillis sec, grêle et distinct
Des branches où la sève est morte :
C'est d'une netteté d'eau forte
Au trait accusant et certain.

Et, dans la boue, à ras de terre
Un vieux sanglier solitaire
Dont le bronze humide a foncé
De la couleur des vieilles souches
A des hérissements farouches
Sur son piédestal enfoncé.

PAYSAGE

De hauts peupliers dont le feuillage frémit
Comme si des oiseaux y prenaient leurs volées
Reflètent, un à un, leurs tiges isolées
Dans le miroir fuyant du canal endormi ;

Au-dessus du vieux pont courbant son arche unique,
Au ras du parapet noir, la lune, émergeant
Dans sa rondeur et dans son éclat mat d'argent,
Monte dans le ciel clair, calme et mélancolique ;

Alentour, sur les champs, les routes, les buissons,
S'épandent des lueurs douces de nuits rêvées ;
Nul pas humain ne va sonnant sur les levées.

Et pourtant, l'air est plein d'impalpables frissons,
Et, là-bas, très distinct en ces rumeurs confuses,
Chante l'écoulement de l'eau dans les écluses....

LES LIVRES

Ils alignent leurs dos vêtus de cuirs divers
Où luit l'empreinte d'or des fleurons et des titres;
Serrés sur les rayons côte à côte, à travers
La clarté miroitante et bleuâtre des vitres,
Ils alignent leurs dos vêtus de cuirs divers.

Les maroquins grenus et fins semblent du marbre;
Les veaux polis ont la douceur souple des mains;
Les chagrins sont rugueux comme une écorce d'arbre,
Et, parmi la candeur lisse des parchemins,
Les maroquins grenus et fins semblent du marbre.

Aux uns, le rouge ardent et les riches couleurs ;
Aux autres, la douceur des teintes amorties,
Le bleu-tendre, le vert et ses glauques pâleurs,
L'indécision des nuances perverties
Qui dérivent du rouge et des riches couleurs.

O livres, confidents de la pensée humaine,
Gardiens silencieux de trésors amassés,
Il est des heures où la fatigue ramène
Les cœurs pris de tristesse et les esprits lassés
Aux livres confidents de la pensée humaine,

Car entre leurs feuillets sommeille le parfum
De rêves confiés et d'intimes détresses,
De vœux inexaucés ; et c'est là que plus d'un
Mit ses plus chers espoirs, ses meilleures tendresses
Qui montent des feuillets comme un vivant parfum.

C'est vers eux qu'on s'en vient encore aux heures lentes
Lorsque, pris du dégoût des hommes coudoyés
Et de l'écœurement des choses ambiantes,
On appelle l'essor des rêves éployés;
C'est vers eux qu'on revient toujours aux heures lentes;

Et l'esprit allégé fuit sur l'aile des mots,
Trompant ainsi l'ennui des traînantes journées;
Dans un oubli voulu du réel et des maux
Au froissement fébrile des pages tournées,
L'esprit allegé fuit sur les ailes des mots.

RENOUVEAUX

J'ai promené mes pas parmi les abandons
Des lieux inhabités d'où la vie est absente,
Et dans leur solitude encore frémissante
Vibre l'écho de voix que seuls nous entendons;

Les lieux inhabités d'où la vie est absente
Gardent le souvenir des lointaines gaîtés,
Comme l'Automne garde un peu des chauds Étés
Dans son calme attiédi de saison finissante;

Gardant le souvenir des lointaines gaîtés,
Les parcs ensevelis sous le lierre et les mousses
Sont pleins de songerie et de tristesses douces
Qui bercent lentement les esprits irrités;

Les parcs ensevelis sous le lierre et les mousses,
Tristes infiniment de l'hiver approchant,
Ont leurs jours de réveil quand le soleil couchant
Dore l'éclosion folle des jeunes pousses;

Tristes infiniment à l'hiver approchant,
Les vieux parcs ont aussi leurs renouveaux splendides;
L'épanouissement des verdures candides
Où le vent de la nuit soupire comme un chant.

Bénissons le retour des renouveaux splendides
Par qui les cœurs lassés un jour sont rajeunis,
Où dans le gonflement des espoirs infinis
Les yeux n'ont plus de pleurs et les fronts plus de rides.

LA GRAPPE D'OR

L'Aurore impériale et sa pourpre ont passé...
Francis V.-Griffin *(Les Cygnes)*

O chère, qui connais le rêve dont je meurs,
Moi qui voudrais cueillir des raisins d'or aux treilles;
Assoiffé d'impossible et rêveur de merveilles
J'ai fait longtemps en vaïn le geste des semeurs.

Romps la paix oublieuse et calme où tu sommeilles
Vaguement souriante à des songes charmeurs;
Le vent des frais matins promène ses rumeurs
Et la nuit s'éclaircit pour les aubes vermeilles;

Allons vers la colline où nous guide l'Espoir,
Vers la colline douce et de mes mains plantée,
Chercher le fruit promis et la grappe enchantée;

Et, si rien n'a germé, nous descendrons le soir
Pour guetter en la foi d'attentes puériles
Le retour régulier des Aurores stériles.

L'ILE

A Stéphane Mallarmé

Avec son chant calmeur qui soulage les âmes
Par l'assoupissement des moroses pensers,
La mer s'en vient mourir en rythmes cadencés,
Berçant de vieux espoirs dont longtemps nous rêvâmes,

Et le désir nous prend de voguer sur les lames
Au roulis vagabond des vaisseaux balancés,
Par des pays brûlants et des climats glacés,
En de frigides nuits et des midis de flammes,

Pour voir (ô rêve inné soudainement éclos)
Sur cette immensité frissonnante des flots,
Aux confins de la mer brumeuse et matinale,

Surgir à l'horizon s'ouvrant comme un décor
Dans le magique éclat d'une aube virginale
L'Ile des fleurs de pourpre et des feuillages d'or.

L'APPEL

Fuis, ô vieux Rêve, et va rejoindre tes aînés
Au néant douloureux où tomba leur défaite :
La dernière rumeur de triomphe et de fête
Meurt dans la pourpre et l'or des soleils déclinés.

Tu voulus redresser les temples profanés,
La base subsistait : tu rétablis le faîte ;
Oubliant que, la nuit fatale s'étant faite,
Nulle ne s'en irait vers les seuils surannés.

La guirlande s'effeuille aux façades fleuries ;
Et, dans l'obscurité de la voûte où tu pries,
L'écho silencieux ne vibre d'aucun pas.

Elle ne viendra plus dans l'ardente chapelle
Siéger, vierge blonde, à la voix qui l'appelle,
Car le passé défunt ne ressuscite pas.

VICTOIRE

Sur la plaine la nuit solennelle descend
Avec l'apaisement du silence et de l'ombre,
Et dans les chemins creux que la déroute encombre
Les boucliers ont chu dans des flaques de sang.

Au revers des fossés la terre cède et glisse
En larges pans sous l'escalade des fuyards...
Et le roi triomphant voit sur ses étendards
Ouvrir ses ailes la Victoire, sa complice.

Et sur un tertre, groupe implacable et serein,
Quatre héros coiffés de casques à crinières
Collent obstinément leurs haleines guerrières
A l'embouchure d'or des trompettes d'airain.

SONGE D'ÉTÉ

Voici que la splendeur des brûlantes saisons
S'épanouit enfin sous l'azur diaphane,
De la terre accablée un chaud parfum émane
Vers les soleils d'été baignant les horizons;

Le fleuve fait courir ses ondes métalliques
Vers la pureté claire et vaste des lointains,
Et sur les pics aigus et les sommets hautains
Rayonne la blancheur des neiges angéliques;

L'azur des lacs muets figés en plein soleil
Où nul frissonnement ne passe s'égalise
Et leur surface plane où l'eau s'immobilise
Semble un œil léthargique au clairvoyant sommeil;

Aux flancs des monts, dans les gorges et les vallées,
La plainte des forêts s'interrompt et se meurt
Dans le décroissement d'une vague rumeur
Et de grands rayons d'or balafrent les allées.

Et moi, je veux dormir la tête entre tes seins
O chère, et que tes yeux aux lueurs bienfaisantes
Me versent le repos des heures apaisantes
Où des rêves bénis tournoieront par essaims;

Car je suis las, ô douce amie, et je repousse
Le délirant amour trop charnel et trop fort,
Entre tes bras fermés je veux croire à la mort
Tant cette paix de l'âme et du corps sera douce;

Et berce infiniment ma tristesse de cœur
Avec de longs baisers sur mes lèvres crédules
Jusqu'à l'heure où le vent des tièdes crépuscules
Ouvrira sur mon front ses ailes de langueur,

Jusqu'à l'heure où de mes prunelles agrandies
Et que dilate encor quelque rêve enchanté
Je croirai voir, dans le couchant ensanglanté,
Monter l'essor vengeur de fauves incendies.

L'HEURE

Le bruit irrégulier de notes égrenées,
La caresse de mains sur le clavier traînées
Avec un abandon indifférent et las ;

D'un vase de Chine à parois enluminées,
Sur le tapis luisant d'étoffes satinées,
Choit la défleuraison de grappes de lilas;

Et la pendule blanche et frêle en porcelaine
Qui bat dans l'ombre avec une douceur d'haleine
Laisse tomber ses coups, un à un, comme un glas;

Et, dans le cœur lassé de sa recherche vaine,
S'éveille tristement la mémoire lointaine
De bonheurs disparus qui ne renaîtront pas.

SOLITUDE

—

Comme au fond des vieux parcs déserts et dédaignés
Où dort en des bassins disjoints une eau verdie,
Il serait triste et doux d'errer, l'âme engourdie,
Sous l'abri reposant des arbres alignés;

Il s'allume au couchant des lueurs d'incendie
Le vent passe dans les feuillages éloignés;
C'est comme un bruit plaintif de sanglots résignés
Pleurant les deuils lointains de quelque perfidie....

Et voici le rond-point, et vers l'ancien château
Monte en rétrécissant sa courbe régulière
Un large escalier double à balustres de pierre;

Et l'on va, s'accoudant aux rampes, et, bientôt
La lune bienveillante aux endroits solitaires
Eclaire vaguement les bois et les parterres.

LE MAUVAIS SOIR

La nuit se fait sereine et douce
Et tendre comme mon serment ;
Mes larmes tombent lentement
Sur cette main qui me repousse ;

La nuit se fait douce et sereine...
Une étoile est au fond des cieux ;
Puisses-tu lire dans mes yeux
L'amour que ta froideur refrène ;

La nuit se fait douce et sereine
Et ma voix t'implore tout bas,
Par pitié, ne m'écarte pas
De ton geste orgueilleux de reine

La nuit se fait sereine et douce,
La lune luit sur le chemin,
Mes larmes tombent sur la main,
La main chère qui me repousse.

INSOUCIANCE

La barque glisse à la dérive.
Le tendelet de couleur vive
Est de soie écarlate et d'or,
Et parmi les rayons obliques
Le rythme apaisant des musiques
S'affaiblit et le fleuve dort.

La chûte pesante des rames
Dans l'eau fait rejaillir des flammes;
On peut suivre à ses clairs rubis
La trace lente du sillage,
Et sur un ton d'enfantillage
S'échangent rires et babils.

Et pourtant le fleuve débouche
Dans la mer perfide et farouche,
Prochain tombeau du soleil mort...
Et parfois une femme casse
Et cueille quand la barque passe
Un des lys qui croissent au bord.

L'heure est si douce que l'eau semble
S'arrêter — seul un roseau tremble —
Et là-bas on entend l'appel
Que jettent dans le grand silence,
A l'abri de la petite anse,
Les Nymphes roses de Coypel.

EN VAIN

—

Quand l'heure emportera l'amour dont nous rêvons
L'intégrité parmi les choses profanées ;
Par delà l'horizon des futures années
Quand l'heure emportera l'amour dont nous rêvons
Comme un vol desséché de feuilles surannées ;

Le rêve qui vêtit nos cœurs de soie et d'or
Sera comme un lambeau d'étoffe qu'on déchire
Et qui se fend et cède à la main qui le tire...
Le rêve qui vêtit nos cœurs de soie et d'or
Sera la robe dérisoire du martyre.

LA DEMEURE

Le sonore palais aux arcades antiques
Reflétant leur courbure au courant des viviers,
La demeure mystérieuse ou vous viviez
Parmi les marbres blancs qui pavent les portiques
Ouverts sur la campagne où le soleil étale
Les nappes d'or de son déluge de clarté,
Est maintenant déserte et vous avez quitté
A jamais la maison pacifique et natale....

Vous ne passerez plus dans le parc où s'écaille
Le torse du Héros, ancêtre fabuleux,
Par les sentiers bordés de buis méticuleux
Vers la source qui sourd de la grotte en rocaille,

Le charme promené de vos altières grâces
Manque au noble décor où sur les escaliers
Se pavane l'orgueil des vieux paons familiers,
Et votre accoudement aux rampes des terrasses;
Le développement de vos robes à traîne
Ne courbe plus les fleurs du gazon négligé....

Et, derrière la grille haute en fer forgé,
Un passant eut suivi votre allure de reine;
Et j'eus été celui qu'un rêve transitoire
Emplissait du désir vague que vous vinssiez
Vers lui, dans l'apparât de vos atours princiers
Offrir leur luxe à son insolente victoire.

BLESSURE

—

Comme un essaim neigeux de colombes, l'Aurore
A dispersé son vol au ciel effarouché,
Mais je sais le soir morne et le soleil couché
Aux horizons sanglants où pleure un vent sonore...

Dans cette clarté d'Aube au ciel, et dans la vie
Qui s'offre à vous avec son attrait d'inconnu,
En votre orgueil paré d'un sourire ingénu,
Vous marchez hardiment, ignorante et ravie;

Et vous ne savez pas, vous qui voyez la sève
Verdir la plaine fraîche et les lointains boisés,
Comme se faneront les fleurs de votre rêve.

Vous sentirez déchoir vos essors maîtrisés
Et le sang maculer de sa pourpre apparente
Votre cuirasse d'or de jeune conquérante.

PARDON

La grêle meurtrière a flagellé la vigne
Où la grappe se meurt qui ne doit pas mûrir,
Et je vois le bassin desséché se tarir
Et sa vase souiller l'aile blanche du cygne;

Et désespérément en moi je sens mourir
La révolte et l'orgueil du rêve qui s'indigne
D'être déçu toujours et mon cœur se résigne
A ne pas espérer pour ne pas trop souffrir;

Car je sais que ta voix même qui me rassure
Sera pareille au jour de trahison future...
Et voici mon pardon qui d'avance t'absout;

Qu'importe si la coupe où je bois est d'argile,
Prends donc ce cœur qui sait que tout espoir est fou,
Qui pardonne au fragile amour d'être fragile.

FOR EVER

Ce doux portrait où votre grâce était mêlée
Au déguisement cher aux femmes d'autrefois,
En costume de Diane et flèches au carquois,
Cette image de vous si pâle et pastellée,

Je l'ai brutalement brisée entre mes doigts
Et sa poussière fine au vent s'est en allée;
J'ai si bien désappris ta mémoire exilée
Que je redis ton nom sans que tremble ma voix.

Nul écho revenu de votre rire en fête
Ne trouble cette paix durable qui s'est faite
En mon cœur sur ce vieil amour que j'ai pleuré

Et que je sais bien mort sans peur qu'il ressuscite
Et dont il m'est au fond de l'âme demeuré
Le poids inavoué d'un souvenir tacite.

DÉCLIN

L'indifférente main que vous aviez gantée
D'un geste lent et si négligemment aisé
Quand vous partîtes, j'ai dévotement baisé,
O madame, sa forme adorable et vantée;

Mais je n'ai pas senti sous votre gant jaloux
Le contact familier de la peau moite et douce,
Et votre main qui se donnait comme on repousse
M'a fait comprendre alors que j'étais moins pour vous,

Et que l'ennui, ce délieur sournois de chaînes
Qui prépare en secret les ruptures prochaines,
Avait fait entre nous son œuvre accoutumé,

Et qu'étant moins déjà qu'autrefois franche et bonne,
Vous vous donniez un peu trop comme on abandonne
L'indifférente main sous le gant parfumé.

OMBRE

Le visage était comme un rêve dans mon rêve...
On eût dit que la douce lèvre avait pleuré
Quelque perte d'un vieil espoir invétéré,
Intime floraison qu'un sort jaloux prélève;

On devinait dans la brisure de la voix
L'inflexion de mots qu'elle ne veut redire,
Et la futilité charmante du sourire
Survivait aux gaîtés rieuses d'autrefois;

Le rêve inassouvi de mes lentes années
Avait ombré ses yeux d'un regret fraternel
Et je sentais comme un lien originel
Unir les sorts épars de nos deux destinées;

Elle avait dû se plaire au gré d'un songe vain
A bercer son désir sous des ciels de féeries,
Parmi les îles d'or d'impossibles patries
Où mon cœur exilé, comme le sien s'en vint;

Elle avait dû passer dans les jardins en fête
Dont elle rapportait sur elle les parfums,
Où le feu d'artifice et les flambeaux défunts
Ont cessé de brûler dans la nuit qui s'est faite,

Écoutant frissonner dans les bosquets déserts
La brise qui s'éloigne en froissant les feuillages,
Et sur le bord du lac où s'ouvrent des sillages
Des barques emporter des chants et des concerts,

Et par l'obscurité des décors nostalgiques
Suivre dans la nuit froide où le rire a passé
— Comme un angelus d'or au fond d'un ciel glacé —
Les échos affaiblis de lointaines musiques.

PAIX

—

Je sentirai descendre en mon cœur qui ne veut,
Jaloux de sa victoire et de son accalmie,
Rien d'autre que les soins d'une amitié d'amie
Le trouble indéfini d'un frisson sans aveu;

Par la vitre entrera dans votre chambre close
Un reflet verdoyant des arbres du jardin,
Et je savourerai ce plaisir anodin
De voir dans vos cheveux se mourir une rose;

Je fixerai mes yeux sur vos yeux épiés;
Tandis que tomberont effeuillés à vos pieds
Les rêves de mon âme à tout jamais calmée,

Mon cœur rasséréné de ses déceptions
Satisfera par vous, ô la secrète aimée,
Son vieux désir de paix et d'adorations.

INJURIA

Je t'ai maudite alors que j'ignorais la vie
Car tu brisas mon premier rêve aventuré,
Mais ton amour d'antan plus tard a murmuré
L'écho de sa douceur et de son ironie.

Mes anciens vœux sont loin, et leur ampleur restreinte,
Et loin le temps où je voulais un double lien,
Chère, et que tout entier mon rêve fut le tien,
Qu'importe l'âme absente aux langueurs de l'étreinte ;

Mais tu déconcertas ce songe fraternel,
Et voyant ton amour obstinément charnel,
J'ai dit ton nom funeste et ta mémoire infime,

Et, poète, de mon seul rêve infatué,
Je suis parti laissant sur l'autel pour victime
L'idéal puéril que ton rire a tué.

LE SECRET

Chère, les vieux espoirs sont à jamais perdus
Pour nous qui voulions vaincre et dominer la vie
Par la sincérité du cœur qui se confie
Et la fraternité des rêves confondus.

Voici votre anneau d'or et la pierre gravée
D'un profil de Déesse qui vous ressemblait,
Et rendez-moi le lourd chaînon de bracelet
Dont un jour en riant je vous avais rivée ;

Tout est mort et le dernier nœud est délié
Et le songe éphémère et vain est oublié,
Mais quand on donna tout on ne peut tout reprendre,

Chère, n'oubliez pas ce que vous emportez,
Et sachez bien que nul jamais ne doit surprendre
Un mot des secrets sur vos lèvres sanglotés.

LE RETOUR

J'aurais voulu t'aimer aux jours de notre joie
Où l'Aube radieuse était blanche d'espoirs,
Mais j'ignorais encor la tristesse des soirs
Où le soleil décru sinistrement rougeoie;

Mais le rêve exigeant de mon cœur n'a pas su
Se borner à l'amour dont plus d'un se sature
Et je partis pleurant la stérile aventure
Où mon naïf désir s'était d'abord déçu.

Puis j'ai connu le vide et les jours inutiles
Et l'horreur d'être seul parmi ceux qui sont là,
Et je sais quels regards ont pour qui s'exila
Les yeux indifférents et les cités hostiles.

J'ai ressenti la peur qu'on a lorsque l'on croit
Perdue à tout jamais la bataille que livre
Contre la charge d'être et la peine de vivre
Chacun pour un bonheur auquel il a bien droit;

Le souvenir qui saigne aux blessures de l'âme
Rougit les lendemains des intimes combats
Où vers vous seulement ne se détourne pas
L'oublieuse pitié de la mort qu'on réclame.

C'est alors que ton nom aux lèvres me revint
Comme un écho lointain des amours reculées...
La pluie a détrempé les plaines maculées
Et tout espoir de mieux n'est plus qu'un rêve vain;

Réponds-moi, car j'hésite au tournant de la route,
La menace de l'ombre a fléchi mes jarrets,
Voici la nuit du ciel planant sur les forêts
Et l'immense rumeur des brises que j'écoute;

L'obscurité sournoise est pleine de dangers,
Et, là-bas, par delà les dunes et les plages,
La mer qui se débat heurtée à ses rivages
Blanchit son flot d'écume aux récifs émergés.

Ouvre-moi grand tes bras que je m'y précipite,
Mon rêve fut celui d'un enfant et d'un fou,
Serre bien ton étreinte à l'entour de mon cou,
Et pleurons les longs pleurs du vieux pardon tacite;

Oublions. — Près de toi mon cœur exténué
Et las d'avoir lutté, sanglote sa défaite
Et je sens que se meurt en la paix qui s'est faite
L'orgueil présomptueux que la vie a tué.

Mon amour indulgent a restreint ses visées.
L'horizon rétréci tremble au vent glacial,
Et voici que s'en vient mon rêve initial
Vers toi, dans un élan de ses ailes brisées.

LE RIRE

A Sully-Prudhomme

L'appel impérieux du jeune Amour les mène
Vers le bois où dans l'or a ri l'Été vainqueur,
Inébriés d'avoir bu la rouge liqueur
Qui chante et mousse aux bords de la coupe trop pleine;

Ils écoutent l'aveu de la parole vaine
Qui fait glisser sa paix au trouble de leur cœur;
Et je reste rivé comme un Terme moqueur
Au sol où l'enracine et le fixe sa gaine.

Au centre des chemins ainsi qu'un exilé,
Jusqu'au soir, à l'écart, j'assiste au défilé
Des couples amoureux que j'envie et j'admire,

Qui vont se retournant inquiets dans la nuit,
Et prennent pour l'éclat éveillé de mon rire
Le sanglot réprimé d'un regret qui les suit.

DEFUNCTA

Mon rêve indifférent que nul espoir ne guide
Vers un but inconnu va désintéressé,
Au gré du souvenir dont le souffle a passé
Dans le silence et dans la nuit de mon cœur vide.

Aux lentes visions des horizons futurs
Entrouvrant devant moi leurs vagues perspectives,
Je retrouve toujours les couleurs primitives
O les mêmes couchants dans les pareils azurs.

Les fleuves dont j'avais bu les ondes naissantes
Auxquelles je trouvais, enfant, un goût amer,
S'élargissent et vont disperser dans la mer
L'élan continué de leurs vertes descentes.

Et dans les yeux aimés où pour chercher l'oubli
Le regard fatigué d'avoir trop vu se plonge
Veille éternellement le décevant mensonge
Que cache aussi la lèvre en l'orgueil de son pli.

Jusqu'au jour où viendra la mort qui nous délivre
Du vieux mal d'espérer, je t'aime, ô bon passé,
Car je te sais bien mort dans ton néant glacé
Et que je n'aurai pas du moins à te revivre.

ANGELUS D'AVRIL

Le vent qui siffle et courbe au loin les herbes folles
Éparpillant la neige odorante des fleurs
Semble un souffle errant et lassé venu d'ailleurs
Chargé d'échos lointains et d'anciennes paroles;

Indécise, comme un aveu qui s'interrompt,
Là-bas, faiblit la voix des cloches timorées,
Et cette heure, comme les heures espérées,
Dit ses appels indifférents qui s'enfuiront;

La chûte du soleil eut d'ironiques fêtes
Pour parer le couchant de pourpre vive et d'or
Et c'est le crépuscule amical où s'endort
Le soir ensanglanté des intimes défaites.

Dans la brise qui rampe et rase les talus
Se disperse le son des cloches défaillantes,
L'ombre comme une mer épand ses nappes lentes,
Le jour parti s'ajoute aux jours qui ne sont plus;

Et comme une marée abandonnant les grèves
Déferle et meurt le flot décru du vieux Passé,
Et je me laisse aller indolent et lassé
A l'oubli bienfaisant des rythmes et des rêves.

LA TOMBE SURE

A Leconte de Lisle

Pour dormir le sommeil que ne troublera plus
L'importune rumeur de la Terre qui clame
Alentour, c'est bien la tombe que je réclame
Pour y coucher l'oubli de mes jours révolus;

Le séjour envié que garde à ses élus
La douce mort, si douce aux fatigues de l'âme;
C'est bien l'asile inviolé que rien n'entame,
Même le flot monté d'irrésistibles flux;

Car la mer secourable et qui berça mes rêves
Un jour envahira les dunes et les grêves,
Gonflant l'expansion de sa vague qui dort;

Ayant constitué son niveau tutélaire,
La mer sera pour moi comme une double mort,
Scellant de tout son poids la dalle tumulaire.

EXIL

—

Pour délivrer mon cœur de la vie opprimante
J'ai vécu dans l'azur du Rêve immaculé,
Eden mystérieux, Paradis reculé,
Endormis à jamais dans une paix clémente.

J'ai laissé loin de moi la ville et les faubourgs
Que remplit la rumeur incessante des foules,
Où le peuple en émoi fait onduler ses houles
Lorsque vibre l'appel révolté des tambours.

Dédaignant l'action stérile et douloureuse,
J'ai clos mes yeux lassés et j'ai croisé les bras,
Mes mains n'ont pas trempé dans les labeurs ingrats,
Je n'ai pas eu la soif de l'or, la soif fiévreuse,

Celle qui fait les yeux s'adoucir et prier
Lorsque dans les écrins luisent les pierreries,
Et devant l'or, donneur des tendresses flétries,
Tout mon cœur a saigné d'un doute meurtrier.

J'ai méprisé l'amour incertain et fragile
Si prodigue de mots qu'un lendemain dément
Et dans sa tombe j'ai baisé pieusement
L'illusoire et menteur fantôme aux pieds d'argile,

Et j'ai dit à mon âme errante qui pleurait
Sur la plage sonore où blanchissent les grèves,
« Rêve un monde meilleur au souhait de tes rêves
« Où fleurira la fleur de ton désir secret;

« Un monde sans pareil et radieux d'Aurores
« Où dormira la paix des éternels Étés,
« Oasis de parfums et d'étranges clartés
« Et jardin embaumé d'impérissables flores. »

Mon âme par delà les lointains horizons
Où dans la brume d'or des couchants pacifiques
Se dressent les cités avec leurs toits obliques
S'envole au doux pays des promptes guérisons,

Au doux pays perdu dans ces régions vagues
Où s'isole l'esprit des poètes songeurs,
Au pays fortuné baigné par les rougeurs
Des soleils flamboyants effondrés dans les vagues.

Sur le sol vierge encor se déroulent les plans
Des paysages beaux de jeunesse première,
Dans l'absolu silence et la pure lumière,
Et les exhalaisons de parfums somnolents.

Le bleu des nuits a des lueurs de crépuscule,
Des nuits de quiétude et de sérénité,
Et l'horizon précis en sa limpidité
Dans un clair infini s'enfonce et se recule;

Et d'un ciel pur que rien n'altère et ne ternit,
La lune prodiguant aux choses reposées
La chûte fécondante et molle des rosées
Sent monter de la terre un parfum rajeuni.

Parmi les bois touffus où s'endort et se fige
L'étang mystérieux aux magiques reflets,
Où croissent des iris teintés et violets
Se penchant sur l'eau claire à donner le vertige,

Je croiserai les pas de celle qui m'attend
Pour m'ouvrir à jamais son âme hospitalière,
La divine Attendue à mon cœur familière
Qui l'aimait d'un amour éternel et latent,

Celle qui sous l'azur des féeriques contrées
Promène lentement son regard sourieur,
Celle qui réalise un rêve intérieur
De tendresse et de paix nulle part rencontrées,

Celle qui sait bercer du rythme de sa voix
Le cœur rasseréné du deuil et de l'alarme,
Celle dont la présence est le suprême charme,
Rêve de maintenant et rêve d'autrefois.

Les baisers rassurants de sa lèvre calmante
Combleront le désir ardent qui m'a brûlé,
Cette immortelle soif de rêve immaculé...
O vivre à jamais loin de la vie opprimante.

ÉPILOGUE

Tu viendras en un jour d'épreuve et d'amertume,
Lorsque monte dans l'âme un flot de désespoir,
A l'heure où dans l'azur sombre et profond du soir
Une apparition d'étoiles se présume;

Tu viendras en courbant les herbes et les fleurs
Sous le poids de ta robe onduleuse et traînante;
Et nous irons tous deux vers l'aube consolante
Vers des ciels plus cléments et des soleils meilleurs;

Je sentirai l'éveil de mes Rêves intimes
Renouvelant l'essor de leurs élans brisés,
De mes rêves, ces pauvres Anges méprisés,
Redéployant au ciel leurs ailes de victimes;

En toi je trouverai tout ce que j'ai cherché
Dans ce monde mauvais où l'âme se désole:
Le cœur qui compatit et la voix qui console.
Je me relèverai fort, le sang étanché;

Et laisse moi rêver qu'au bout de la prairie
Tu marches en courbant les fleurs et viens à moi,
Et laisse moi goûter cet ineffable émoi
De te croire si proche, ô passante chérie;

Car tu viendras un jour, ainsi le veut le sort
Miséricordieux à qui souffre et qui pleure,
Oui tu viendras demain, aujourd'hui, dans une heure,
O divine Inconnue et tu seras la mort.

Achevé d'imprimer

SUR LES PRESSES DE « LUTÈCE

Le trente septembre mil huit cent quatre-vingt-six

POUR

HENRI DE RÉGNIER

PAR

LÉON ÉPINETTE, IMPRIMEUR

16, boulevard St-Germain

PARIS

TABLE

REDUCTION 19X

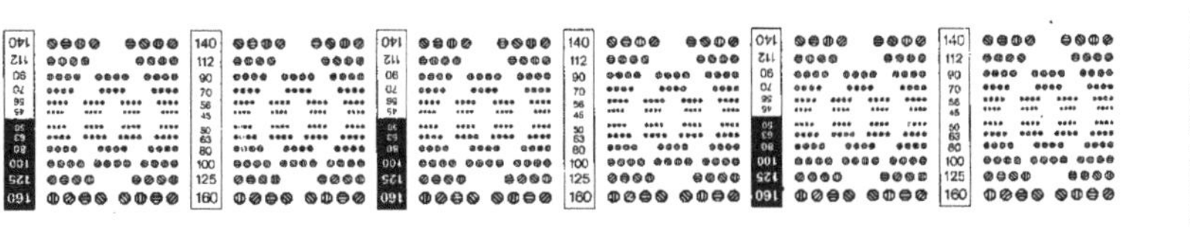

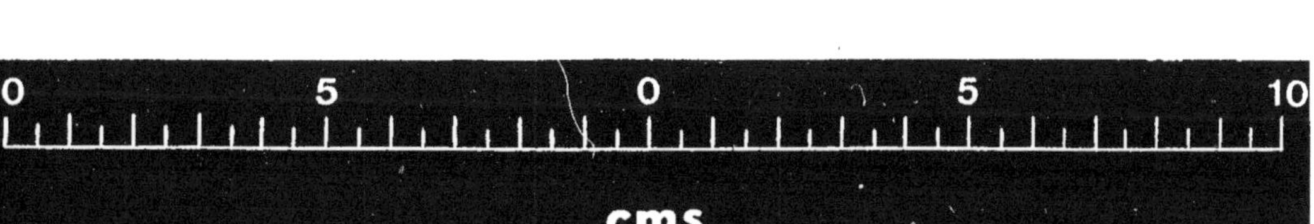

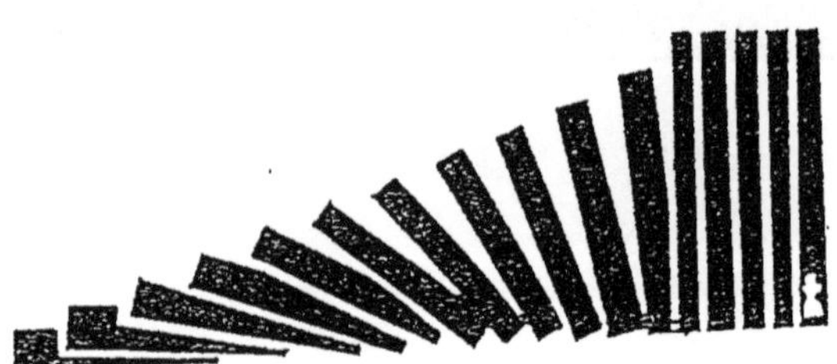

GROUPE BRUNET

ARCHIVISTIQUE INTERNATIONALE

Membre du Conseil International des Archives

LE TAILLAN-MEDOC

NOVEMBRE 1991

www.ingramcontent.com/pod-product-compliance
Ingram Content Group UK Ltd.
Pitfield, Milton Keynes, MK11 3LW, UK
UKHW021548260726
13993UKWH00002B/701

9 782329 318127